YE
MA
CHEN
AI

单永珍

——

著

野馬塵埃

黄河出版传媒集团
阳光出版社

图书在版编目（CIP）数据

野马尘埃 / 单永珍著. -- 银川：阳光出版社，
2022.9
ISBN 978-7-5525-6491-4

Ⅰ.①野… Ⅱ.①单… Ⅲ.①诗集－中国－当代
Ⅳ.①I227

中国版本图书馆CIP数据核字(2022)第168644号

野马尘埃

单永珍　著

责任编辑　陈建琼　谢　瑞
封面设计　晨　皓
责任印制　岳建宁

黄河出版传媒集团
阳　光　出　版　社　出版发行

出 版 人　薛文斌
地　　址　宁夏银川市北京东路139号出版大厦（750001）
网　　址　http://www.ygchbs.com
网上书店　http://shop129132959.taobao.com
电子信箱　yangguangchubanshe@163.com
邮购电话　0951－5047283
经　　销　全国新华书店
印刷装订　宁夏凤鸣彩印广告有限公司
印刷委托书号　（宁）0024455

开　　本　710 mm×1000 mm　1/16
印　　张　13.25
字　　数　150千字
版　　次　2022年9月第1版
印　　次　2022年11月第1次印刷
书　　号　ISBN 978-7-5525-6491-4
定　　价　48.00元

目 录

上阕 ｜ 野马也

无 题

慈悲滚烫于日光

寂寂普照时

五月到七月的干旱

我背负了持久而错愕之罪感

一杯红酒

贺兰山下，和一块石头和解

用日月，雕琢，磨洗，拂拭

去掉心中的多余

你可以叫它石碗

但作为一个精致的人

唤它夜光杯也无妨

必须让那个叫米拉的姑娘

盛上灵魂之水

让她妖娆，灿烂

长歌可以当哭

她说：醉卧沙场君莫笑

这男儿的格律

在葡萄架的下阕

温柔起来

大营城

牧羊者，衰败得连眼皮
都懒得抬一下

牧羊者，放牧
天空的羊群

一队列阵的黑蚂蚁
操办威严的葬礼

一只鹰，啄着鸽子的灰毛
饕餮，下午茶隆重开场

久旱无雨的玉米地里
野燕麦念着祈雨诗

这一切都与牧羊者无关，他摇摇头
继续放牧天空的羊群

大营城的头顶，一朵乌云
替牧羊者遮阴

张撇的午后

这远离城市的山坳里，我分明看见

三个年迈的老汉——一个留着山羊胡子

一个豁着门牙

一个是刚刚死了老婆的秃秃

围坐在火炉旁

熬着罐罐茶，啃着烤馒头片

挤眉弄眼

他们慌张的样子

不由得让我一本正经起来

车过同心

有必要把速度减下来

看一丛苋麻草

被车轮带过的风

吹得微微摇摆

速度再慢些

一座元代建筑

灰蒙蒙的颜色

把我的年龄泄露给

那些无名的花花草草

宁夏中部，就连苋麻草都显得猥琐的地方

很容易让人忽略

经过这里，想想一个叫马占祥的家伙

眼眶不禁湿润

一个人的时候

那一丝孤独从大汗淋漓中醒来

夏日的午后

光线更加浓稠了

树荫的斑点

比以前略大了一些

此时该要端庄

看女村委会主任的絮絮叨叨

如何让一朵云彩

挂在天空深处

侧着耳朵

偷听来自邻村的绯闻

我看见了自己

就是错误

错得一塌糊涂

一个一塌糊涂的人

拨打错误的算珠

在世上

要原谅一个错误的人

因为错拥着误

误抱着错⋯⋯

一个人的悲伤唯有花知道

他说，你哪！空气中有一丝颤动

晃动着紫丁香的花骨朵

他有些哽咽

继而哭泣

继而泪流无语

紫丁香正在经历一场风暴

花骨朵带雨

他说，你哪！一些过往的片段定格

看到她的笑

她的背影

他起身，尾随一道光

紫丁香的花骨朵失色了

南风吹来

我忍不住想喊

我想知道，心里落满多少尘埃

才有足够的勇气

描述一株玉米从春到秋

栉风沐雨的一生

我似乎忘记，方言的偏僻

在一座小城里苟活

并且得意忘形。只有

伤口无法愈合的人

才会在黄昏关闭窗户时

疼得

喊出一个久违的词——

故乡

无 题

我背负诗人的名号终日无所事事

如果仅仅辜负了青春

不过是竹篮打水

不过是一把虚词

埋进春天的黑暗里

我枕着一堆动词入眠——

对于一个辜负了生活的人

我没有勇气

醒来

春天的事情

把桃花的红寄给了王怀凌

让他写下羞愧

杏花的白呢

必须给赤野千里的马占祥

在一首花儿里

给东家的留守老人点种

给西家的寡妇

介绍脱贫的壮汉

不要虚度春天

桃花红

杏花扯心地白着

在张撇，似乎还有更重要的事情

需要我去处理

比如：给死去的老张撰写光明的悼词

比如：给一家停刊的都市报发去唁电

想看看大海

钉子在木头里待久了
会锈

词语深埋古书里
会哑

人关在黑屋子时间长了
会疯

翅膀张在风中
会秃

我用半生在黄土高原腹地苟活
意识都长霉了

夜半，风刮过排列整齐的覆膜地，哗啦哗啦
醒来，以为大海的波涛淹过眉梢

一撇告诉一捺

我习惯于中年的诏书不期抵达

我习惯于秘密的表达在字里行间

我习惯于大合唱

我习惯于研磨真相

我习惯于在刀刃上舞蹈

我习惯于在藏经阁爬上爬下

我习惯于根茎爱上了黑暗

我习惯于杜鹃开口必须啼血

我习惯于小时代

我习惯于阳光含伤

我习惯于春天荒凉

我习惯于在旷野画地为牢

此刻，悲愤的河流决堤

我泪水全无

只为一个人

向站立的灵魂

道别

沧 海

三月已逝，逼人的四月又有惊心一刻
我强迫自己，不喜不悲
做低于生活的人
一茶，一饭
看太阳升起又落下

但在涌动的人流中
每每看到低头走路的人
我不由得一阵发冷
周而复始的冷
让我的血趋于褐色

雪落在张撇的腰上

在一张草纸上，我尝试落下困苦的笔

勾勒春日里光辉的一隅

尽量把色调匀，调淡

再剔除惹是生非的羊毫

我不想让一张空茫的纸张

背负多余的线条

屋舍、树木、村人，远处白头的群山

一定要层次分明

像我昨晚的扶贫日记，逻辑清晰

还要画上舔犊的母牛

和跪乳的羔羊

我小心翼翼，记录下这神圣一刻

心中涌出些许苍茫

我看见，浸润苍生的雪

落在群山起伏的腰上

一阵稠，一阵稀

一阵有，一阵无

再一阵稀，一阵稠

一阵无，一阵有

人间啊，我庄周梦蝶的笔墨

把混沌的人世

好像遮掩了什么

风吹过

风吹：喜鹊窝有呜呜声

耷拉着脑袋的鹊儿侧了个身，又迷糊了

风吹：冬麦地的青苗缩了缩脖子

春天似乎后退了几步

风吹：张撇村文化舞台清冷空寂

只有孤寡的神，怀揣酒瓶酩酊

风吹：西吉到会宁高速公路建设工地热闹起来

戴着口罩的民工力气比去年多了几斤

风吹：柳枝一天比一天软和了

一树柳枝摇摆，拂动几个留在村里的女大学生

风吹：西北偏北的沙尘暴安静了

建档立卡户王海红美美地伸了个懒腰

风吹：从青黛的山峦抽出一条路

一辆运送农家肥的拖拉机冒着黑烟

风吹：鸡叫狗咬娃娃吵

一个大屁股的婆娘蹲在门槛上嘟嘟囔囔

风吹：草贴地皮，封山禁牧的牛羊

在圈里为城里人增加重量

风吹：吹凉一个诗人的抒情

吹热一个中年人的叙事

天 问

与我息息相关的是

毫无逻辑的鹰隼在云朵上打着瞌睡

并不时干咳了几下

这重大事件

须庄重以记之

我的朋友臭老萱

"春天来了，我只想出去玩"
"我要吃汉堡和烤肉
我还想吃奶奶做的浆水面"

"一定有的
孩子"

说这句话的时候
我知道
我的朋友臭老萱长大了
但当我坚定承诺时
不禁有了一些
小小的欣慰

总有一首挽歌随雪消融

沙尘暴过后，安慰的雪延期抵达

憋足了劲的雪，不讲规矩

多像山坡上吃草的羊们

东一嘴，西一嘴

把刚刚冒出地皮的草芽

吃进胃里

春雪容易感动，不经意的拥抱

就把黄土冢变成黑漆漆的鬼话

鬼话连篇的时候

让我睡梦里的醉话

羞于见人

我羞愧于在这春天无所作为

羞愧于无力挽留雪的形体

如果远方的友人给我鲜花与酒

我嘶哑的喉咙竟唱不出高亢的赞歌

在张掖，一个瑟瑟发抖的人，终将

唱着一首挽歌，于白雪草根下

无助地供述

于私人笔记里

撰写自己的心灵史

张撇：空蒙之夜

一书一茶一人，窗外柳枝摇摆

我似乎尚未从正月探身走出，而三月

哭丧着脸将与世界作别

翻到"茶禅一味"，不禁惶然

这世上那么多狰狞之事

无人理会。这乡村牛口蹄疫羊发疯鸡出轨诸事

须我躬身。唯有不疼不痒的闲散之人

作此蒙眬之赘述

况今日天色混沌，风声如弃妇

我奔行山阳至山阴，方知

与山野人家，贫苦是填不饱的青铜饕餮

一日连一日，方为生活

苦一日，甜一日

哭一日，笑一日

做饲虎之比丘，紧闭牙关，挺一挺

眼前苜蓿发芽了，冬麦也是

晚宿张撇，说不清夜的味道

但我知道，疫情还未结束

腾格里沙漠的告白裹挟十万沙尘滚滚而来

须弥山：静观与自语

从一座山里请出一个石人
睁眼，世间已过千年

那座石像，笑眯眯地
看着来来往往的人群
一言不发

我忍不住想想自己
再看看
那些裸岩
那些松海
不禁说出
这短暂而荒凉的想法

雪

没有人敢用白色的颜料

在大地的画布上

涂抹

唯有苍穹

带着薄凉的旨意

群山的平仄

那个吼着秦腔的少年
荣光灿烂。裹着风雪和心事
一手幸福
一手攥雪成冰的生猛

那只顶破空气的大雁
率领患有夜盲症的亲戚
在云层下
留下两行汉字

那棵百年老柳，据说
与一个叫左宗棠的人有关
左宗棠百年了，躲进书里
但斑驳的柳树多活了经年

那座无名的坟冢，无人搭理
偷懒的蚂蚁，在一坨阴影下
练习瑜伽
趁机咽下唾沫，不停磨牙

那个毕业于宁夏大学的秀才，读书三卷

一卷是糊涂

一卷是鬼符

一卷是火会亮的短篇小说

那个叫张撒的地方，热闹偏僻

一群学富五车的老汉，在村委会门前

用甘肃会宁方言

讨论来年的事情

张撇村

和张撇村的乡亲慢慢熟络了
就像各家各户的狗，不再嫌弃我一样
看看东家的牛棚，西家的羊圈
还特意去邵治学家的驴槽前
说了几句不痛不痒的话
越往高走越发现这一道岔
把海原大地震的遗迹，认真地
记录了下来，像杨栓子爷俩
奇怪的眼睛

我会选择一个地埂，坐下抽烟
吐出的烟圈，飘向山顶
一个人在山野里抽烟
会不会影响蓝天保卫战
因为这个问题，我使劲把剩余的半截烟
迎着风，猛咂了几口
一阵剧烈咳嗽
和两行眼泪
让寻找午餐的野狗
夹着尾巴，狠狠地
瞪了我几眼

致非常的远方

在处方上，道可道……
三个难以分辨的汉字
让一个青年中医的闲暇
飘着药草的诡异

这笔走龙蛇的处方
抽象得如一首朦胧诗
这个年轻的中医恍惚于
三个欲说还休的汉字

耄耋的余晖落在处方上
这个一生处理生与死的中医
把最后的力气，下在
非常道的间隙

时间的魅力

多年后，风把一个人刮得骨瘦如柴

刮跑了仇恨

刮得爱情荡然无存

只剩下恍惚

晃荡于体内

多年后，两个仇视半生的人

墓碑对着墓碑

一块是古老的敌意

一块是互致的问候

献 诗

——致江帆

在都市，怀抱格桑和马兰
用素描，给心上人涂抹绝望的蓝
从冰箱里取出一根牛肋巴
哺啊
哺

他虚构出一座美学的高原
但拒绝说出青海
那个夺命的姑娘，坐在厨房里
擦洗为一个人准备的酥油灯

他一身黑暗
在经验的日志里，埋葬秘密
也在埋葬自己

他开口：……
他闭口：……

但在一首唐诗面前
他哭得多么灿烂

一个立于镜子面前的人

他看到虚无

虚无里的空

空中的容颜

容颜的蹉跎

蹉跎的失败

失败的挣扎

有花香自镜中逶迤而出

他嗅了嗅

像过敏了一样

蚂蚁之歌

那只辉煌的蚁后子孙遍野
她迫于骄傲，在高于小河的土丘上
看滚滚红尘。和红尘里
忙碌于饕餮的身子

那只爱美的妇人徐娘半老
单手叉腰，送别鞠躬尽瘁的勇士
而江山无限，她拖着老寒腿
蹒跚于一味草药

四月四日：清明

拐弯处，一小片积雪挣扎地白着
它的身上
披着千疮百孔的黑

对于行将殒命的雪
我看见自己
被时间文身的条条疤痕
和变异的执念

我看见，日头一侧身
那片雪，迅速洇染了周围

仿佛那个命中的人，决绝离开
拐过弯，在没人的地方
悄悄
抹了一把泪

在长城梁酩酊大醉

冬日。夜的灰烬有些许缠绵

衰败的星宿接近毁灭

挨着涅槃

夜行者抬头，望一眼清凉的寂寞

继续

摇

　　摇

　　晃

晃

春 早

猫在哭。窗外的花园里
声音断断续续

猫哭，哭得让孤心的少年
在桃树下歌唱

歌声除了青春的单薄
还有一丝婉转的羞涩

落英缤纷。一个少年唱歌
一只猫在哭

吹 拂

坐拥春风，吹拂往昔

吹拂现在，吹拂着黑暗

吹拂黑暗中憋得太久的小草

吹拂一本无字之书

吹拂一个人的偏僻与辽阔

风吹，吹拂一片繁荣的日子

吹拂错误

吹拂天空的荒凉与大地的泥泞

吹拂小小的墓冢和野花

吹拂诗人大解的滚烫和坚硬

风吹，仿佛要电闪雷鸣

仿佛光阴破碎

我正在招募会唱哀歌的人

《春天的叙事》是一首哀歌
我拼着老命把副歌部分刚刚写完

需要这样一位歌手
声音沙哑
眼含悲伤
在这三月将尽的夜晚
开口

我的要求是
演唱时不许流泪
不许撕心裂肺
不许把我哀伤的秘密
暴露给失眠的人

盛 开

丹青涂抹，一阕宋词的婉约于幸福古村
清新。欲言又止。有人画扇遮面
让浴后的李清照，把饱蘸浓墨的笔尖
伸入民间的瓷碗
晕染

一定记住，桃红在前，杏白在后。不然
写生的人，会被春天闪腰
在万千花瓣含笑时
需拎三坛梅子老酒，配上夜光杯
一坛给热烈
两坛给疼死人的清凉

野 话

明月扶我，不离不弃

明月扶我于屋檐下

热烈的日光灯前

明月逃遁

扶天下更多踉跄的人

我 爱

我爱

梨花杏花桃花苹果花菊花牡丹花狼毒花……

用半生的力气

识遍天下的花

我爱

一个叫桂花的姑娘

用半生的力气

却不知道她姓啥

用半生的力气

爱着一个错误

糖尿病患者的因果论

五十岁前

我吃羊

觉得羊就是人的一道菜

五十岁后

羊吃我

羊还是普天下吃草的羊

一个糖尿病患者

此时，开始和羊和解

皮肤病

看着自己皲裂的手掌

想想自己衣来伸手饭来张口的生活

我不由得开怀大笑

偏 西

你不能用一把尺子，计算
鹰飞的路。因为一股寒流
会把方向吹得偏僻
更不能用酒泉方言
念诵流简，因为沉醉的誓言
会被流浪的骆驼踢碎

当你经过谨慎的沙砾
抚摸一下，像抚摸心爱的笔砚
这就够了，至于沙砾供养多少文字
已无关紧要

那年夏天，滚烫的棉花盛开
睡了半年的青稞酒醒了
茁壮的胡萝卜疼疯了
沙地里的芨芨草吵闹成一片

河西偏西，一席热烈地理
不要问我从哪里来
也不要问，野地里的马兰
是不是脱胎换骨的飞天

二十四节气

从立春

眼巴巴挨到雨水

但北方无雨，只有雪

在雨水的日子

我似乎听到

暗地里有人窃窃私语

惊蛰无雷

大地寒凝

冰凉锁心

窗外就是春分

我看不到微笑拂面

只有大大小小的补丁

时间太慢，也太快

一不小心，就是清明了——

清明啊，我连悲痛的力气都没了

春分之前

天空挂满流星的倒影

眼神里，许多的不甘

许多的依恋

春分之前，我行走在叙事的巷道

为星辰立传。但门牌上分明刻着

"道可道非常道"的警示牌

让我的语言

惶惶如丧家之犬

在兰州

早知道黄河的水干了
修那个的铁桥着干啥呢
早知道尕妹妹的心变了
谈那个的恋爱着干啥呢

早知道郭晓琦写小说了
吃那个的牛肉面着做啥呢
早知道叶舟获不上奖了
看那个的敦煌着做啥呢

三 月

哀歌犹在

墨水却干了

枝头上忍了许久的蕾

渐次开始痛哭

当集体的安慰遍布西海固的山坳

五颜六色的白开始合唱

春天在哪里

春天在哪里呀

春天在哪里

小姑娘在雪地里

芬芳地唱着

春天在哪里呀

春天在哪里

我没有从小姑娘的嘴里

听到答案

局 限

无法抗拒冬日坚硬，是雪的局限

无法承接苍天高远，是鹰的局限

无法回绝人间彳亍，是诗的局限

无法躲避高原冰凉，是羊的局限

无法泯灭仇人愧疚，是酒的局限

一觉醒来，是我面对光明的局限

无量山石窟

石窟前冥想的——落荒少年

草纸上凿刻的——江洋大盗

夜半燃油灯的——风骚女子

午后鼾声如雷的——偷懒学童

蹲在雕塑肩头的——受孕鸽子

契约上出卖良心的——羊皮贩子

世上的最小寺院：天空就没睡醒过

皇甫谧谱的曲子：从来就没人唱过

对岸的苹果树：花就没开过

潦草糊涂的燕子：两年没有生养过

宋朝黑心的扫地僧：把冬天哭成春天

忽必烈的军令：被民国好汉换酒祭天

一个年过半百的人

一个年过半百的人
忍受了白天的白
黑夜的黑

一个年过半百的人
忍受着肩周炎
持续的疼

一个年过半百的人
看到空空荡荡的街道
就是没忍住两行热泪

晨

电线上，一只麻雀挨着一只麻雀
书页里，一个词挨着一个词

一个人爱着一个人，生命就会活跃
一个人爱着一个人，还爱着另一个人，太挤，于是世界
喧嚣

潮涨、潮落，潮汐依然是潮汐
但昨日之花非今日之花

我不相信轮回。但相信，新世界的开始
月亮做足了清凉的功课

花园。把你的名字种下，一遍一遍发芽
为什么无法把自己写进一首赞美诗里

我听见你均匀的呼吸，幸福的笑
而我快要憋疯了。起来，朝着东方，朗诵

假 如

日光的汗水溅在磨刀石上

须臾的经历，遭受法典的审判

假如，闭口不言的鹰走上法场

石缝里的青草躲过牛羊的舌头

风的口哨即使吹得再响

假如，秋天命令一切停止歌唱

静宁的苹果病了，像黑心的厨娘

但我的名字印在封面上

假如，失业的算命先生吼起秦腔

我又离死亡近了一天，因此灿烂

我选择沉默，在贺兰石上凿刻碑文

假如，失传的文字在春天朗诵

雪原上

那一片漆黑，是鹰叫嚷的家园
那一朵棉花，是刨食草根的羯羊
那被迫的灿烂，是杂树生花的虚伪

雪原上，我削着一根铅笔，涂抹苍穹
再削，再涂抹。最后
只剩废墟和一个人的凌乱

奔 马

我刚刚写下一首诗的开头，落日就跌入黑暗
然后是过度。写到野花清香
有蜜蜂嗡嗡，在花蕊上劳作
有微风徐徐
轻描淡写了一丝悲壮

我没有写到奔跑的马，作为信使，它尚在路上

麻雀之歌

落草民间，蘸着疲惫和悔悟

几条好汉，在一根电线上歃血为盟
逡巡天下。天空葳蕤，蓝得
把鸟鸣声滴落草丛
泥泞一片

一群低于流云的兄弟，满含滚烫

底层哲学

一只鹤落魄在鸡群里
鹤的孤独鸡不知道

无数的星星，谁能喊出它们的名字
但月亮永远是月亮

乌鸦为名，开始歌唱
狐狸取利，甜言蜜语

昙花只在夜晚开放
因为它经不住阳光的批判

我走在喑哑的路上
给喑哑的女儿穿上花衣裳

见 证

两只恩爱的鸽子
觅食
互相咕咕着问候

鹰俯冲下来
带着移动的阴影

两只自私的鸽子
一只向东，一只向南
扑腾着尖叫
仓皇逃命
除了恐惧
其他的，我什么也没看见

唯有觅食之地，恢复了以前的安宁

在死亡面前，鸽子是自私的
它们的自私
让婚姻碎成一片

凤凰涅槃

看哪，那浴火的凤凰，在东方的黎明

在地平线上奋起一跃

但天空凝固，一次陡峭的咳嗽，封锁了我的北方：

世界一片寂静，在旷野，在斗室

我奢望：用农具和耕牛，打开春天的门扉，

让小草顶破地皮，自由呼吸

让喑哑的河水，欢声笑语

让单调的鸟巢，写满祝福

我奢望：流浪的人们，吃上热饭

在炉火旁，伸个懒腰，谋划二月的生活

看草木茁壮，鲜花怒放

我奢望：儿童在奔跑中，放飞风筝

老人的脸上，露出慈祥

相爱的人，手牵着手，说出羞涩的情话

我奢望：鸽子和乌鸦，在秦岭飞翔，互致问候

黄河的鲤鱼，从青海走到渤海

但请在银川稍稍停留，带走花儿的唱腔

我奢望：每个早晨，神清气爽，"疾病"的词根

埋进昨日的废墟。而阳光普照

照耀着亲人，也照耀陌生人的脸庞

我奢望：用黄河的名义

看哪，那斑斓的凤凰，在炊烟的东方

在浓密的树冠上盘旋歌唱

但大地忐忑，一次干燥的呼吸，封锁了我的南方

世界一片寂静，琉璃的乡村，高耸的城市。

我祈求：飞驰的高铁，跨越千山万水，让灿烂的少年

说文解字

让务工的男女，听一首周建军的民谣

让美丽的姑娘，穿上美丽的衣裳

我祈求：长江的海豚，告慰受苦的人儿

搬家的蚂蚁，向啼血的杜鹃致敬

北上的斑头雁，道一声别：人间安好

我祈求：悲伤的梧桐，放松抱紧的身子

和一场迟来的雨水抱头痛哭

树叶上的雨滴，收养奔波的月亮

我祈求：南海的波涛，催眠白衣天使

和咿呀学语的小小儿女，抱在一起

梦见光明的神曲和白胡子爷爷的拐杖

我祈求：喜马拉雅的雪山，冰峰永驻

黄鹤楼的燕子，迎接新生的宝宝

青春的凤凰，环绕九百六十多万平方公里的山河

我祈求：以长江的名义

象：九十九（长诗节选）

一行

雨过天晴。蝴蝶抖落身上的雨水，扬起一帘雾幕。她轻俯于
受伤的花瓣，翕动翅膀，相互安慰。嚅动着嘴巴，唱
着《巴别塔的蓝》，仿佛母亲用如涛的乳汁，洗浴苍生。
风一吹，受惊的蝶，振翅遁去，留下小小空寂，一切
如昨。而人间的史记，也在瞬间集体失忆。但拥挤如猛
虎的光线，正在激烈生产。

两行

无数光线照耀我，照耀大地
只留下一腔黑暗，以及枯叶上颓废的图案

三行

对于生活，我只是执弟子礼的土拨鼠
直立远眺
然后匍匐于大地，逆光而行

四行

天空在排卵，她痛苦的样子
让南下的大雁惊慌失措

在乌云的棉被下

来年的雨水，集体受孕

五行

那人在雪原上踏着衰败的白

在衰败里丢下灰暗的中年

在灰暗里投下苍凉的一瞥

在苍凉里咽下忏悔的口水

在忏悔里完成哭喊的命运之书

六行

来吧，姑娘，从春分开始，我就念叨着你的名字

来吧，已经冬至了，我的嗓子快要破了

作为一个诗人，我只有一支笔，来自魏晋

一捧铜豌豆，还是昨天，从关汉卿家借来

告诉你一个秘密，还有一筐洋芋，一张周建军的老唱片

一本没有念完的《爱经》

还要告诉你，我会用颤抖的手，给你做一碗固原特色的生氽面

七行

她从博物馆醒来，带着洋葱、胡椒的味道

牙缝里塞着风干的肉丝

仿佛一次游牧的邂逅

或是一只羯羊的烧烤

在婉约的宴会上

完成私奔

固原。一盏鎏金银壶于日暮的广场盛满雨水

八行

接受春分的暗示，天空的街道里

鹅毛大雪洋洋洒洒

磨剪刀的天使，蘸着光辉的星星

一道闪电在梦遗中接近终场

但鹰巢斜挂于乌云的犄角

三枚漆黑的蛋，放声歌唱

寂寞的葬礼上，有人谈情说爱

有人昏昏欲睡

九行

那棵树正在生理期。乌鸦虽然黑暗

但美学的朗诵让黎明蠢蠢欲动

一些屈原

一些杜甫

更有鲁迅的胡髭在风中葳蕤

那棵树正在生理期，尽管叶子垂头丧气

绝不妨碍一把吉他走向异端

在热烈的光线上

米拉的爱情诗东倒西歪

十行

一个空洞的人，经不起动词考验

在忐忑江湖，美学睡梦里

抱着堂吉诃德的勇敢

一个人偷偷哭泣

他盯着玻璃，看见透明的自己

还有莫名其妙的颓废

古书上说：爱吧，爱那个长腿婆姨

以及一壶婉约风骚

他打开 2020 年糊涂日历

开始念诵：一

十一行

桃树上，三个玩耍的小鬼，朝你招手

他们白目，绿芽，在树上荡着秋千

一阵风，冷冷地，从唇边刮过

一颗流星，在庄子的《逍遥游》里逃命

夜半的短篇小说里，三个小鬼比画着暗语

但白领的美女尚未出场

我尝试歇息一下。荡秋千的小鬼

已把桃花摔打得纷纷扬扬

在一首霉暗的宋词里，失色的桃花

躲进上阕的第二句

尖叫的雪白

十三行

我们说话，用苍山和渡云

把小时候玩泥巴的事情遮住

需要两只蚂蚱，三滴鸟鸣

应和简单的快乐

我们把昨天叫夜来

活生生把公鸡说成鸡公

我们翻书，从《诗经》开始

就是慢了些，这三千年

方言里掺了多少东西

先生没说，老师也没讲过

那就翻过唐诗的院墙，到宋词的后院

向那个凭栏杆的女子请教请教

祖国啊，如果我死在异国他乡，我古典的汉语，能否让那些孤魂
野鬼听明白

十四行

古今里说：月亮是穷人的，日头哄人呢

古今里说：在天堂当服务员都是幸福的

古今里说：家有万贯，长毛的不算

古今里说：人不亏地，地就不亏人

古今里说：1969 年，不知道把你咋养下的

古今里说：一样的米面，不一样的茶饭

古今里说：娃娃，笑着活

古今里说：雪花六个边边，不多也不少

古今里说：儿子娃娃，不哭

古今里说：天大地大，大不过众人的嘴巴

古今里说：脸黑些，闲着呢！心不要黑

古今里说：少说话

古今里说：老鸹叫唤，凶

我突然发现，我 80 岁的老娘，废话太多了

十五行

倦鸟归林。但雨中的白腰雨燕停在黄昏

斜斜的雨，被风吹成曲线

把雨燕吹成孤单

我肯定是你忽略的逗号，没有终点

已经黄昏了，鹰急得磕破山阙

而潦倒的巴那斯呼呼大睡

兴平。荒凉的确是一种美，给我安慰

要纳须弥于芥子，纳穷人于新农村

黄昏的哑路上，一个瞎子拖着另一个瞎子回家

他说：苟富贵，毋相忘，你变了

他说：狗屁文章换不回一碗羊杂碎，何用

他说：做你的城里人去吧！回老家，趁着黄昏

当最后一只白腰雨燕展翅一跃

一道闪电，划破黄昏的门帘

雨停了，风静了

十六行

流水潺潺，源头分娩

雪山耀眼，草地低矮

斑头雁凝视对望的瞬间

只为一线远去的呜咽

兰州码头，两岸的牛肉面沸腾

人民公园的角落，民谣歌手张尕怂正在摇头晃脑

他骚情、婉转，让一群鲤鱼跳过龙门

而五泉山上的流浪汉，刚刚吃完羊肋巴

黄河东去。我不止一次来到一百零八塔

这西夏的骨血，喂养着青铜峡。大河平缓，稻花妖娆

"头割了不过碗大的疤，不死了就这个唱法"

"疼烂了肝花想烂了心，哭麻了一对眼睛"

哎，疼痛的肩膀驮着流水的命运

从卡日曲牧草到河套的麦田

我一身苍茫，裹挟风雨雷电，大声念诵

"黄河之水天上来"——

十七行

那人在三九 闭关

研制长生的秘方 和

意义冲天的虚词

在木炭的灰烬里　寻找

跳跃的豌豆

一罐黑茶的叹息

那人左手画下扭曲的万字

右手擦着黑漆漆的眼眶

那人在九九　出柴门

砍伐打狗的拐杖

他哭　因果的哭

他笑　因果的笑

他说　因果的说

那些细嗅青草的狐狸　醒了

那些狂饮碱水的麻雀　醒了

那些梁山歇脚的大雁　醒了

"一个要出远门的瞎子"——海子

十八行

寒冷封锁着郊区的屋舍，一个个灰头土脸的人

脸上打着补丁。仿佛一个个高士

沉默不语，远远地

看对方一眼

关门

唯有老式录音机破烂的声音翻过一个个墙头

日薄西山，最后的光线略显慌乱

两个男孩，从沙河沿的豁口探头探脑

一个提着面粉

一个扛着一条羊腿

顺着墙角，像电影《鸡毛信》里的海娃

运输不可告人的秘密

趁着夜色掩护，在村庄散步

空空荡荡的天宇下，几只野猫的撕咬

和我构成一种关系

那些退避三舍的星辰，透过

铁幕般的口罩，艰难地

照耀着山河

十九行

说出星辰的方位，给野花

一个开放的照耀

在山冈种下风声鹤唳，让荒凉

成为昨日憔悴的酒

给大地四季分明。至于爱恨情仇

交给梨花带雨

而黄昏的沙尘暴，必定是

淘气的男孩

在课本上撒尿

我豪情万丈，和一只羔羊

沸腾歌唱

给磨刀石洒水

看刀刃的寒冷逼人

看一条狗，仰头

啃食半个月亮

我万丈豪情，在光明的路上

打家劫舍

在一堆骸骨前焚香结义

失望的抵达，连同不及咀嚼的奥义

二十行

他立于河边，四目灼灼

看游鱼摆尾

一只蚂蚁背着另一只迷人的蚂蚁

但一声雁鸣，惊得鱼群失容

一阵微风，把两只浪漫的蚂蚁打回原形

他想了想，似乎什么也没想

他躺在树下，四目灼灼
看树枝摇晃
粗砺的树干，托举着繁荣的树冠
他折下树枝
敲打碎石，碎石的青苔上
留下泛白的印痕

他四目灼灼，望了望火红的日头
日头燃烧
他的眼角流出一行泪
日头浑圆，他在地上画出一个圈
顷刻，天光雷电，鬼哭狼嚎
"他知晓了，他知晓了。"

那个叫仓颉的人开始造字
隔壁的小学校园，已琅琅声一片

二十一行

乌鸦挤眼
野兔蹬天
虫虫黑灯

瞎火念经

老汉喝茶
壮汉烧火
妇人刮脸
丫头端碗

一年庄稼
两年墒情
一个姑娘
两家攀亲

家猫上墙
野狐翻梁
孤心之人
独对明灯

牛皮灯影
夜半三更
台上是神
台下是人

哦，山里寂寞，捉三两小鬼谈心静夜思

静夜思

如果鲜花更接近怀念，光明的曲线缠绕真理
如果驴子端详着马莲
如果山沟沟里的周建军唱起《走咧走咧走远咧》

好了。我在马沟尖锐的豁岘
子弹生锈，但足以将我的远方射穿

下阕 ｜ 尘埃也

初秋六行

吃药，打点滴

我用一场感冒来迎接盛大的秋天

打点滴，吃药

我一贫如洗

唯有用疾病

为刚刚来临的秋天加冕

新花儿

雪花花落下路滑哩

冰溜子上折尾巴哩

门前的乏狗胡咬哩

瞎麻雀使劲地吵哩

尕妹妹远处招手哩

阿哥的心猫抠着哩

童 话

一场来历不明的雪
说停就停了
一串脚印
把掩盖的真相
渐渐变黑

一行磕头结拜的句子
在冰天雪地里
胡作非为
一个完整的段落
被肢解得颓废

我渐渐喜欢水中捞月的事情

一片树叶落下来，从眼前飘过

有些逶迤，一如含恨的飞天

似乎说明，秋天不远，仿佛七月流火

一次不经意的吟哦

让世上的爱，有了微凉

一片树叶落在水中，小小的湖泊

人们把它称为海子

几个看破红尘的人，聊天，看看流云

不远处，一列绿皮火车鸣响汽笛

激起涟漪，树叶荡起恍惚中的胡旋舞

一只鹰停在空中，看着水中另一只鹰

一只离群的骚胡，慢慢喝水

一群蚂蚁，搬运风干的甲壳虫

一只蜻蜓的翅膀，明显缓了半拍

一辆运草的拖拉机，在半山坡冒着黑烟

我微醉于这时光的踉跄，静止，简单的抽象

一堆的人和事，被黄昏覆盖——

有些疲倦，甚至颓废

但半个月亮升起来，寡寡的月光照着世界

我似乎渐渐喜欢上水中捞月的事情

午后：与己书

我偏爱这世上微小的事物

和逆光中行走的背影

那些倾斜的脚印

在急切的呼喊中

迤逦成灰

我偏爱一天中凝固的时日

那些俯首大地的囚徒

画地为牢

成沧海里苦难的一粟

寂静并且芬芳

立冬，一场旷日持久的雪

这一日，落叶领受风的旨意
满大街疯跑

这些枯黄的亡灵，肃立
在斑马线上张望

落叶知道感恩，用自刎的离别
为树减负

我穿过街角，踩着一地的沉默
拜访一位病入膏肓的恋人

与其说是拜访
不如说是告别

这一日，苍天高远，深埋孤独
但一场狂雪在我心里弥漫已久

这一日，我双目深陷，泪水全无
用两座深井接纳普天下的黑与白

有所谓

日出。我紧紧攥住睡醒的葵花头
朝着夜晚的方向

晨，葵头向西
午，葵头向西

时间漫长得仿佛经历一场颅脑手术

暮晚，夕照
我松开手。我坚信
此刻，葵头当向西
但当我松开手，惊讶地发现
向日葵黄金的脸盘转向东方
它艰难转向的瞬间
竟把我，疼出
一身冷汗

午夜：一个人的遐想录

我正在经历一天中最疼痛的时刻

—— 一些分裂

—— 一些破败

—— 一些焦虑

—— 一些阴郁

我想获得拯救，用

中年的肩膀——

纪实的图画——

苍凉的散步——

夜半的颂唱——

只是，残月高挂在古雁岭的塔檐上

遥不可及

尽管残月高照

但花盆里冷漠的铁树开花了

我被一阵莫名的幸福

贯穿得稀里哗啦

我被兄弟般的肩周炎

喂养得仓皇

无法言说的迅急

从圆珠笔的腹地

潇潇而来

秋：哑默时光

一叶知秋，谁令我悲伤

一水知寒，雀儿喝水的次数少了

一阵寒暄，背影多了恓惶

这广大人间，呼吸拥挤，偏偏缺你

万千面孔，多少生肖

我独对一张画皮叹息

风刮过。针扎过。雨淋过。盐腌过——

我苍老的心，装不下更多

怕来世的车站里，匆匆擦肩

你向北

我向南

秋：在杨郎

翻过秦长城，就是杨郎

一边灯火通明

一边静得如一本闲置的古书

两个古旧得有点发霉的匠人

各自端着一杯酒

吸溜，半杯下去

再吸溜，似乎把月光

连同半杯残酒

一气咽下

两个手艺过时的匠人

相互看了一眼，继续斟满

好像把半辈子

要说的话

压在杯底

秦长城西侧，糜子黄了

风把糜子吹得金黄金黄

风把酿酒的缸，吹得呜呜发响

两个匠人，在月光下

深一脚

浅一脚

测量回家的路程

自 由

通往墓园的路上，阳光斜照

倾斜的影子，参差不齐

仿佛往事的结尾

留下道听途说的各种版本

一群人在墓园里

看着一座黄土堆

七嘴八舌地宽恕着

墓碑上的人

这群肃穆的人堆里

有同事，亲戚，朋友

有几个未成年的孩子

还有一个半夜写信的人

墓园有一道围墙。园子里的荒草

比园外的野草长得茂盛了一些

在戈壁怀念一个人

戈壁辽远，足以空旷

空旷得让我想起孤独这个词

那些沉默的砾石，带刺的植物

粗糙，并且深陷于自我革命

大面积的神谕，将戈壁和我

安放热气腾腾的人间

是的，空芜、空寂、空茫的时间陪着我

我空空如也的心，只能装下一个人

修长的背影和如水的语言

相互安慰

戈壁辽远。我时常遭遇这样的情景

黝黑的皮肤、潦草的脚步、简单的衣食

这些她习以为常的阅读

贯穿我恍惚的半生

有一些温暖，包括无以复加的燥热

袭击着我

而当悲愤的阳光开始弯曲

当落日的赞美词漫天响起

我已经完成一篇散文的开头——

爱是死亡轮回的温床

晨曦：在罗江

这时，飞鸟的辞藻，略显寒凉
天空的棉被里苦着遗言

这时，流水微澜，光阴荏苒
一首词的上阕，开始婉约，青春扑面

这时，年幼的修行者，临风吟诵
翻开的芭蕉，泥泞一片

这时，光明的灯盏，心中弥漫
练习美声的姑娘，偷偷啜泣

这时，罗江两岸，车灯熄灭
捡拾野菜的夫妇，相互看了一眼

这时，民歌嘹亮，光线弯曲
一群道德失范的山羊，走向餐桌

这时，九月尚未结束，十月尚未到来
但大地温暖，人间安详

秋 辞

秋日。一地的谷子

弯着腰

低垂着脑袋

在风中

作揖鞠躬

我知道，这一地的谷子

替我

向大地谢罪

我的朋友病了

他可能是腰椎间盘突出

可能是前列腺炎

也可能是糖尿病

在原州区北京路的一家烤肉店里

大家都在猜测

这个病人的

罪

一个高尚的家伙，吃着羊腰子

分析着

一个崇高的美学老师，盯着一串牛筋

判断着

一个严重的洁癖患者，在一条烤鱼身上

挑刺

我的朋友王怀凌病了

病得让寂寞的顿家川

热闹无比

我在朋友圈看到

我的朋友王怀凌

在六盘山下

在一条只有野猪，兔子，老鼠……

奔波的小道上

似乎念叨着谁的名字

十月：辽远

葵花清甜，疲惫的甲壳虫

从早晨昏睡至正午

而隔壁的厌世者，放弃了热爱

他粗糙的脚步

让睡意蒙眬的甲壳虫

灿烂辉煌

今年十月，一坛陈酿

颜色泛黄

隔壁的厌世者，啃着

掉队的羊肋巴

擦拭——

无字石碑

日头比往昔高了半米

日头把恓惶的油画

描画得黏稠

西侧的落款处

拓着——

辽远

无 题

十月，天凉了。流水喑哑
人肥树瘦。寡薄的空气开始吃素
我们谨慎地打量着对方
冷漠而诡异的表情

这一塌糊涂的十月啊，让我
辜负了两个地方
也辜负了一个人
苍凉的美

看一朵闲云

把自己想象成庄子，超然物外

选择一个周末，远离狐朋狗友

出发前，要有神圣的仪式感

尽量让自己散淡些，飘逸些

步行或者骑车

带些零食，装一壶酒

到埋人的山头，清理自己

至于有没有飞鸟，音乐

那是肉身沉重的红男绿女

轻浮的事情

作为一个诗人，我至少具备

十里河山

半斤儒雅

确实有朵云彩挂在鹰翅上

慢慢移动

一架航班，自东向西

构成了天空的丰富

我努力想从中悟到些什么

但昨夜残酒未消

麻木的脑袋，混沌如

唯心主义的庄子

不辨身子和影子

一阵风吹过，是和煦的风

符合我的要求

但苍鹰消弭，闲云飞渡

我多想脱口而出——

难得糊涂啊

但蔚蓝的天空上

分明挂着——

悲欣交集的

标语

秋日书简

大地上落下一层霜

草木们承接了

含蓄的白

一袭素衣

看着清晨早起的人

和马路上依稀的车辆

好像一切都没有发生

万物忙着各自的事情

唯有草木们闭着嘴

抱着一

抱着隐忍和悲伤

阅 读

我反复阅读一本无字之书

把命运交给时间

手指和纸张摩擦的力量

让暗处的亡灵

更恓惶了

我不禁为这寂寞时光而难耐

窗前，蛛网随风而动

陈年的蛛网

渐渐风干生与死的真相

像无字之书

轻薄了世界的本来

我爱你

一本诗集的空白处
密密麻麻写满读后感
写下必须修改的理由

作为死心塌地的读者
我命令名词靠近动词
我用刽子手的刀斧
砍掉犯罪的形容词和副词
我让你洗心革面
我让你浴火重生

唯一没有修改的句子
——我爱你

这半世

这半世，辽阔如墨，写不尽
普天下的苍生和一个人的细节
所谓神秘，不过是
那些不被记录的飞白部分

这半世，苦大仇深，身体里
筑就一座斗兽场
魔鬼与天使，在梦醒时分
已杀得难舍难分

这半世，青春感冒，深度醉眠后
赶上谎言的中年
那一个又一个光鲜的人，躯体里
藏着被出卖的肉体

这半世，苍凉如铁，星座旁
挂满一些人的名字和画像
一个疲惫不堪的人，拖着秃笔
闭关写生

送 别

出了此屋，残酒尚温，你还可以抱头痛哭
还可以说一些没有深思熟虑的话
还可以忏悔
但出了此屋，结局是
要么客死异乡
要么魂归故里

出了此关，何处是天涯？漫游的人
手捧伪造的身份证，夜宿客栈
二锅头是必需的，还要孜然羊肉，烤大蒜
但出了此关，命运是
要么填狼
要么喂鹰

只是我不舍遍地的草木和人民
英雄梦，碎在长城梁上
白天：写信
晚上：写信

暴风雨

颓废的云朵旁，美人侧身
移步于闪电的门槛
黑云压顶，唯有闪电的照耀
让我看见
一个美人款款而去的背影

美人大汗淋漓
紫纱紧紧贴在脊背上
像几根抽象的线条
让人迷离

只是闪电太快，来不及细看
仿佛隔夜的梦
重新复活

黑云弥合。民国的情人
在一张海报上抬头望天

是的，2019 年最妖娆的雨水扑向西海固

在人间

那时，天空蔚蓝，流水清清

打骨草晒着太阳，茁壮成长

我想成为鹰，漫游山川

而人间广大，需要一双坚硬的翅膀

抵御风的列阵

但鹰闭着眼，拒不相认

那时，草木含霜，金色遍野

南归的候鸟，在湖泊小憩

我想成为谷子，摇晃于地头

待到时日，走进柴扉

在穷人的锅碗里，成全自己

但谷穗耷拉着脑袋，拒绝点头

那时，月明星稀，世上清凉

东山上，吐着信子的蛇，探头探脑

西山上，散步的山鸡，练习飞翔

肥沃的河谷地带，鸽群吟诵

它们闭目肃穆，口吐莲花

脚下是一行斑驳凌乱的古今

那时，我只能在悲伤的人间彳亍

一群换命的兄弟，比如盗墓贼

花痴，酒精依赖症患者

职业哭丧妇，牲口贩子，屠夫

念过半本《论语》的读书人

在东岳山上，高歌《走咧走咧走远咧》

一个老实人

一个老实人，提着灯笼在村庄逡巡

夜色太稠

老实人踩破一片黑暗

又踩破一片黑暗

而摇晃的灯笼，把夜色

戳开一个又一个窟窿

一个老实人为村庄守夜

已不是秘密

一个老实人沉默寡言

什么也没说

老实人从东头走到西头

从西头走到东头

正好

天亮了

红寺堡的鸟儿

口衔红枸杞的鸟儿，含笑点头
但决不回答人间的提问
口衔紫葡萄的鸟儿，身体倾斜
它让天空失去了平衡

一只鸟儿落在红寺堡
这世上似乎热闹了许多
一只鸟儿飞过红寺堡
仿佛把成吨成吨的寂寞留在戈壁

在红寺堡，喜鹊有喜鹊的事情
它打柴，造屋，用嘴巴练习书法
作为乡贤，它说着土著们都能听懂的话
摇头晃脑，寻章觅句

在红寺堡，麻雀最先起床
"早起的鸟儿有虫吃"，这古老的格言
它们遵循一生。为了活着
它们吵架，斗殴，就为一口养命的吃食

一只鸟，搭乘驴车，从中宁的喊叫水过来

一只鸟，落在三轮奔奔上，从海原的南华山赶来

一只鸟，趴在卡车上，从西吉的狗娃岔出来

三个说着各自方言的乡巴佬，相互不屑

玛曲草原

牧羊人赶着羊群

轰隆隆

从山上下来

月光赶着星光

轰隆隆

从天上泻下

因为生命的眷顾

牧羊人的眼里

点着一盏长明灯

王怀凌论

一个粗糙的老汉背着一捆柴

在米岗山上，吼着秦腔

栽跟打头地踏着衰草

回家给老伴熬药

在农贸市场，两个被他批评教育过的贫困户

一路狂奔，精神错乱

他复杂的理论水平，足以把日头

从东山讲到西山

他最喜欢写的对联是：

吃肉就吃羊肋巴

听话就听我的话

这已经写进王氏家族的家谱

如果在固原幼儿园的教室里

有人信口开河，讲解黑格尔

那一定是他，用顿家川普通话

让小朋友记住了白格尔

夜半，有个提着喇叭的姑娘

叫王安琪，满大街喊着：

老王，老王，我妈叫你吃饭来

老王，老王，我妈叫你吃饭来

知识分子阿信

在秀才面前，撕下一页论文

擦拭沾满羊油的右手

而左手留有余香，在黑板上

抄写李宗吾的文章

偷一块草地的月光，打包

送到才旦卓玛的毡房

在牛颊骨上，贴上仓央嘉措的情诗

鼾声如雷

桑多河边，但凡刻有"阿信"字样的石头

那肯定是甘南民族师范学院艺术系的逃课生

为了勉强的 60 分

向玛尼刻字人偷师的结果

院长阿信，教授阿信，诗人阿信

三个遍地游荡的身份

在合作偏僻的一碗热气腾腾的酥油茶里

光芒万丈

如果不信，你到玛曲草原，会看见

两个丧心病狂的土拨鼠，三只学识渊博的秃鹫

敬着礼，对着远去的黄河，高声喊着：

阿信，阿信，阿信……

躲在一本书里

一个少年躲在一本书里

读着，读着

就把自己读成

一座图书馆

一个老人躲在一本书里

读着，读着

把自己读成

一页白纸

中年的我，躲在一本书里

读啊读

把自己读成

一个病人

一颗萝卜

一颗萝卜在沙地里

憋着气

憋了一夜

她忍着疼

她把沙地疼出一条裂缝

四顾茫茫

水鸟立于芦苇，仅此一只
它的孤单，让月牙泉
越来越瘦了

东方：沙
西方：沙
北方：沙
南方：沙

天空是一面镜子
白天：前生
夜晚：后世

满眼的黄沙啊

疼痛论

夜半醒来，从书房到卧室

共七步

从卧室到书房，六步半

来来回回，什么也不想

觉得单调的时候

坐在沙发上，右手抱着左手

盯着墙壁

狠狠地盯着

我觉得墙壁里，堆满黄金

象牙，昆仑玉，班超的头像

这些美好事物

是我对美好生活的美好期待

这个时候，写诗是可耻的

读书是有罪的

我的眼里冒着火星，像遭遇荒唐的爱情

我承接着疼痛的问候

疼着好，麻木不仁的我

苟活于世

我知道只有疼痛，才能让明天的太阳红肿

如果你真的爱上我

请让各自分别一会儿，梳理之前的隐私

至少白天，我会编造全部的借口

让你光明正大地

疼我

在咸阳机场想起达尔文

一群又一群陌生人

钻进铁鸟的子宫

仿佛是吃完肉夹馍的飞天

一个又一个陌生的蛋

从铁鸟的子宫

滚落人间

睡梦中，偶像突然

眨了眨眼睛

在宝古图沙漠的下午

风一吹，宝古图沙漠就活了
随风起舞的沙子
让我的泪腺严重失控

在宝古图沙漠，连绵的空白
让我似乎看到自己的荒芜
已覆盖了半生

半个草原的死柳

一个接着一个，死去的柳树

占据了半个草原

它们奇特的狰狞

引来我们一阵阵的惊叹

人死了，需要其他人埋掉他

否则活着的人

看了害怕

但柳树死了，活着的柳树

眼睁睁地看着

无能为力

这让它们在悲伤中

各自打着招呼

点燃死亡的火焰

涅槃自己

咸阳，咸阳

就连树叶都安静了，鸟说，热啊

广告牌上，秦始皇，杨贵妃，还有李白

摇着扇子，看着天下人

他们伟大的唱诵

构成了 2019 年咸阳的车水马龙

但两个神圣的女子，李小花和宁颖芳

刚刚和兵马俑合完影

左一杯，右一杯

喝着心伤

两个女子，啥都不说

把初秋的咸阳

喝凉了

空空荡荡的咸阳街道

两个摇摇晃晃的女子

把自己

喝到《诗经》里

"雅"的部分

我看见群山沉默如金

风吹过山冈，草木们斜着身子

朝着偏南的方向张开嘴巴

风紧了，会喊出：呜……

风轻了，会溢出：咽……

到底是风吹着草木

还是草木充当风的亡灵

面对一张空寂的草纸，我

四顾茫茫。唯独看见

这安身立命的十万群山

沉默如金

有所思

不远处，一道闪电
浪费了黑夜

没有秩序的闪电
就这样给黑夜打了招呼

你不能把闪电命名为黑格尔先生
因为他们不是双胞胎

闪电过后，是否有一场雨，或者
沙尘暴，黑夜不思考这些问题

激烈的闪电，伴随着惊雷
把两只睡梦中的鹌鹑吵醒

连草木们都醒了
吃惊地挤在一起

落叶在春天凋零

倒春寒，把积蓄的洪荒之力，说泄就泄了
那排参差不齐的树，像正在卸妆的戏子，羞于亮相

一个冬天，他把一部长篇小说读成短篇，他用减法
给寒凉的日子，贴上落叶的二维码

故事只能从春天开始出发，携带不期而至的沙尘暴
写下一个人的爱与恨，另一个人的孤寂与念想

我行走在叙事的巷道里，和春天密谋失败的暴动
还有复仇的细节。给虫虫们安下土里土气的名字

经过一个伪君子的酒肆，几个道德败坏的醉汉
深情地对着不远处的落叶，朗诵："天空没有留下翅膀的痕迹，
但我已飞过"

无 题

一生中最重要的事情

不外乎活着

一生中最重要的需求

不外乎衣食住行

鲜花在阳光中开着

而干旱在不远处蠢蠢欲动

羔羊在青草里醒着

而刀子在青石上泛着寒光

作为生活的失败者

我已领受命运的摆布

简单活着

索取最小的衣食住行

我时常被生活的咳嗽唤醒

从黎明开始，我便俯首苍茫人间
作为芸芸众生的一员
我埋葬了胸中咆哮的老虎
一寸一寸，把光阴推向未知的黄昏

那些柴米油盐的光阴
那些狂风暴雪的光阴

不管多么艰难，黄昏的潮汐依然奔涌而来
没人的时候，可以大声哭泣
甚至倾听，刀子划破手掌的清脆
以及一只蜘蛛在窗前的空寂

哦，一个疲倦的阅读者，合上书本
一阵睡梦之后，我时常被生活的咳嗽唤醒

今夜的月光

只用一盏茶的空隙，让月光照你

誊出一段省略的格言，让月光照你

咬牙挺住一杯酒的恍惚，让月光照你

当忧伤还在马不停蹄的时候，让月光照你

一只昧了良心的鹰流泪面壁的时候，让月光照你

一群壁画上的飞天偷换概念的时候，让月光照你

……

今夜月光照我，患了皮肤病的月光

在我的脸上

画了几个老人斑

虚 空

把一杯水倒空。我拿着杯子

看上面的文字和图画

一点，一点，把时间挪动了几米

把自己挪老了几分钟

老去的，还有眼前的水仙花——

尽管我昨天才买回来

正午，蝉鸣更激烈了

碎了一地

我和杯子之间，除了沉默

还隔着一张

朱哲琴的唱片

我用滚烫的泪水浇灌

这一片山河，古老如经。火焰的灰烬

辉煌如星。一声嘹亮喊沸清晨

几只永揣勇敢之心的蛤蟆，在废弃池塘

迈着李元昊的步伐——秃发，造字，跳鬼步舞

这一片山河，流水无声。泾河源头

黑目白牙的童子，盯着《逍遥游》发呆。悲伤的泪水

轰然如雷。他们玩泥巴，捏造童话

身后，一只麻雀，默默地撰写史书

这一片树林，承接秋风，灿烂的家谱里

矗立着屋宇和庙堂。衰败的枝条，成就乌鸦

秋风起，大地寒凉，草发黄。温暖的鸦巢里

年迈的乌鸦排列八卦，打算日子

这一片树林，埋着先人。一个人进去了

另几个人会安顿妥当，然后捡拾柴火

生火，造饭，繁衍。在春天，朴素的人们

种下松树，榆树，杨树，包括辟邪的山桃

当漫山遍野的桃花开了
我用滚烫的泪水浇灌

八月，科尔沁

比爱情还要甜蜜的牧草上秋天端坐

天空湛蓝，天空蓝得要出汗了

那些大雁，那些博物馆的酥油灯明亮无比

此刻，它照耀，它俯视

我来过了，我已被贯穿，我保留微小的惆怅

我把天空的姊妹留在科尔沁——

一条是哈达，一条是流蜜的河

我只带走孤独，带走钻心的疼

我空负湛蓝的天空只留下白云朵朵

云朵之下，遍地的牛羊，人民，《蒙古秘史》的篇章

那个叫青蓝格格的女子，柔情万种

但我的惆怅如长调，拖着命运——

一条叫哈达，一条叫流蜜的河

挂在科尔沁的肩膀上

时不时，用蒙古语和汉语

喂养辽阔

在科尔沁草原读《蒙古秘史》

第七页，是一个人的童年。稍不留神

大河边肥硕的女子就变成新娘

如果一阵迅疾的马蹄掠过，那是一根上帝之鞭

走州过县，在白桦树下饮酒纳凉

鸽子经略东西，也在南北的泉水里洗澡

一锅羊肉还没煮熟，消息就四散而走

王说：臣服吧，为了我们的种族

科尔沁人说：夜宴吧，为勇士们祈福

欢乐和死亡，占据新闻头条

马的脚程赶到哪里，哪里就是牧场

——我领受长生天的意志

我拥有，我放弃——

第九十九页，叙述有些混乱。必须申明

那是党项的才子偷换了概念

让我这个宁夏读者

用整整一天，查漏补缺

祈 求

一丛长在石缝的草，躲过
牛羊啃食

一个轮回，四季
又一个轮回，四季

一株草，活成一身的病
活成一串长长的孤独

一株草，把白天过成黑夜
把幸运过成沉默

太孤单了。风吹过，风替草喊着：
活着苦啊！来吧，牛羊，哪怕鼠兔

秦长城上

鸦群飞过，音信全无

西方的地平线

似乎臃肿了一些

地椒草浓烈的气味

掩盖了曾经腐烂的骨殖

和一封寄往远方的口信

戍卒曰："铁鸟当空。"

征夫曰："月圆，宜望嫦娥。"

僧侣曰："晨啖肉，午即成佛。"

秦长城上，那个毕业于宁夏大学历史系的精神病患者

跪在地椒草旁，念念有词

说着一些恍惚的古今

九 月

早上，空气里飘过一些毁灭

草叶有些萧瑟

而大地已泥泞一片

书桌上，檀木的香灰已经冰凉

我意已决

在一部中篇小说的第五十页

写下颓废的命运

不远处，有丧礼举行

六岁的孤儿，用滂沱泪水

袭击着九月的墨水

路 上

我死命压着积蓄的力量

洪荒之爱，在骆驼草的叶片上使劲
两只酣睡中的蝴蝶
被弹飞
一只落在草地上
一只落在水里

暴力事件

空寂。两束目光

残茶

尚有余温的拿铁

一本古马的诗集和《资本论》

仿佛末日来临

我们深度阅读对方

瞬息就是白昼

走寨科

一月的寨科是哀伤的。冰凌挂在草叶上
顺着秋天的走势
斑鸠们在远处看着我
一脸的憔悴

我必须让自己快乐起来，尽管寒气逼人
我给远在银川的诗人米拉
拍下关于土地、屋舍、农民的视频
那些荒芜，萧瑟以及必需的幸福
以及一个医学硕士对常识的认知

我在揣摩一些将要死亡的方言词汇
但今天，我依然要庄重写下
在马飞剑父亲一周年的祭日里

米拉，米拉
一月的寨科太冷
它会让你的隆德方言流泪

明月是身体里逃出的孤独

月光下，我唯一能收获的

是一地踉跄的脚步

和破碎

如果望一次星空

那一轮明月

竟是我身体里逃出的孤独

未曾消失的

那些消失的，由月亮构成
粗鲁的人，自涉足那刻起
我情人一样的嫦娥不见了
我女儿一样的白兔不见了
一同消失的是几千年黏稠的古代孤独

但不曾消失的
强力胶一般依附的
被时代的物欲和红尘遮蔽的
那羞于提起的
孤独
正从与月亮等距离的地方
光线般
淹没了我

我无限赞美这光辉的时日

爱人啊，春日将至
但暮晚的街道空无一人
一小片雪，藏在草坪中央
让苦寒无限盛大

我从《论语》的结尾出来
怀揣小小孤单
必须忍住忧伤，否则泪水
会把一月的墨水打翻

起飞了

起飞了，鹰的小路

被喙划出

天空的巢穴

盛放流浪者的早餐

和一封通往

边关的度牒

这些都无所谓

我正在经历

失败的煎熬

夕光中，咽下

成吉思汗的酒精

我不会说出，远方的

指向，怀念的

秩序，皮肤病患者的

欢乐

这大地上的事情

在你的磨牙声中

被翻译成典籍

起飞了，鹰的小路

血迹斑斑

我抬头看见

凝固在云层上的雪花

是我想你时

冰凉的信使

须弥山一览

忽然想起
国王问阿凡提
地球的中心在哪里
阿凡提的驴子抬抬脚
算是回答

这个画面一闪而过
今天我不关心世界
我只是看着那一坡桃树
以及去年盛开的桃花
此刻在干吗

我还看见，冬日的
阳光太过单薄，瘦弱
让我身边的小姑娘
把脖子缩了一下
又缩了一下

这个未成年的小姑娘
似乎是我遇见桃花之前
曾经的睡梦

冬至：一场雪正在降临

是的，我已读到《诗经》风的篇章

那些关于希望的预言

列队出现在不足九十平米的房间

窗外，微小的雪，鬼鬼祟祟冲向人间

这些天空的流亡者

带着问候和秘密信札

是的，那些雪花，完成了自己的功课

我对着一双哭泣的乳房，说，吃扁食吧

那样会流出欢乐的蜜

我的甘肃朋友在微信上说，甘南下雪了，庆阳下雪了

但兰州艳阳高照

那些义务工，搀扶过路的老者

我读到劳动篇章的结尾，为奔涌的黄河而叹息

是的，今天冬至

一盘新时代的扁食

被逼上梁山的牙齿复仇

一场雪在西海固落下

另外的雪，也弥漫着甘肃的土地

我知道，《诗经》颂的篇章，已经开头

格尔木的午后

半块云彩闲挂，半块荒漠

迎接雨水

半首诗奔波在路上

期待转折

半途的爱情修葺渡口

拯救无辜的错误

半缕喀喇昆仑的风

吹黄牧场

剩下的半缕

修补神圣

我拖着荒凉的肉身

和半册无字之书

喂养一生的疾病

辽 阔

除了飞鸟，尚有道路密布的天空
除了青草，尚有俯首人间的生灵
除了垭口，尚有灵魂的旗子喊破嗓子

除了荒漠，除了稀薄
除了这一刻
一个人孤独
请允许我大面积悲伤

黄昏如此潆漫

青草疼绿羊的嘴，路程歪了马腿

鱼儿喝了一路的水

涉水渡河的人，亢龙有悔——

空荡荡的广场，一封情书随风招展

古老的药方里藏着不为人知的病

阿妹啊，谁的疼怅，拉萨河又宽了三丈——

雨后打雷，我把你害人的驴肝肺

把夏日的嫁妆惹腥了

把归鸦的嘴巴磨红了——

在湿地公园，三个红彤彤的康巴汉子

磨着刀子。霞光四溅的石头上

一段传说复活了——

谁说好日子在晚上，还没出门

就碰到灰心的罗布次仁

落日甩给他一地仓皇——

天河舀水，你先把酥油茶打上

与豹谋皮，让雪山倒映在河上

和你见面，那曲路上的阿妈把我笑羞了——

一半暗影，一半蒙眬

最后一只鹰停在半空

最先亮起的一盏灯在布达拉宫——

沙冒智化弟弟说：要命的阿姆斯特朗

把我的嫦娥弄丢了

和卓玛见面的次数少了——

白哈达换成黄哈达，你把光阴过好了

皮大衣穿成草麻袋

贺颖你把我心伤透了——

唉，都是这雨后黄昏，搅着人心

人间的事情，谁能说清

我只让你，在滚滚红尘中把我一眼认出——

雅鲁藏布江

内心如此平静，从拉萨到山南

此时应当是旁白的段落

描述两岸的青稞。游走的说唱艺人

来自村落，抑或是遥远牧场

他涉水而行，有时对着天空发呆

神秘背影，让藏雪莲盛开于云朵

让沸腾的鲤鱼开口歌唱

从山南到拉萨，内心如此婉转

次仁罗布的普通话里塞满风干肉

偏偏贺颖灿烂，燃烧着昨夜的酒精

她激动，大颗的泪水

被疾驰的风刮进雅江

宽阔的水面上，一群黑颈鹤

兴高采烈地迈着诡异的步伐

我大声哭泣的夜晚

必须说明，拉萨灯火辉煌
八廓街上，藏香茁壮

就是昨天，我途经可可西里
一副羚羊的头骨
正好盯着我内心的猎枪

两个散淡的牧人，一脸木讷
而阳光明媚
照耀着他们一身古铜色的锈

但今夜的拉萨
众生平等，鸟雀归巢依偎
人有火热锅庄

我坐在玛吉阿米茶馆
给玉树临风的姑娘报以平安
给一幅岩画签上笔名

今夜，拉萨有风

吹向空旷

吹向我的心上人

布达拉宫就不去了

我说着不远的日喀则

说着西陲的阿里

至于卓嘎啊

至于娜姆啊

我怎么没忍住滚烫的泪水

那一声撕心裂肺，刚好有一颗流星

掉进酒杯

西宁的冬天隐忍且刚烈

——兼致肖黛

已然北方，就北方偏北。已然西部，就西部偏西

藏历水虎年，高原的气压比往年更低了一些

但湟水汤汤，但一直清澈着

古老的命脉里藏着创世纪的呢喃和眺望

一定要忍住，城里的痛比草原浓稠些

一箱互助大曲从海东喝不到德令哈

人生就是不停转场，你就把西宁当成客房

远方的朋友嘛，来，喝一碗热热的尕面片

是日，领命向西，从西海固到西宁

高歌吧！我不把嗓子喊破就不是儿子娃娃

没有酒，精致的茶饭粗糙着——

我和你离得远着——

我怀揣一册诗集，里面写到鹰和流星

写到昌耀坟头的荒草和公园里玩耍的孩子

那一年，有一场雪崩的恋爱悄无声息
那一日，一只自刎的羯羊熬成肉汤

一次造山运动，海北州刚刚经历了 5.9 级地震
一次邂逅，祁连山的冰川向西宁靠了靠

唉，玉树嘛，远着
唉，果洛嘛，远着

莫家街上，尕娃啃着羊肋巴，你说，他是命运的接班人，吃吧
留着成吉思汗胡子的琴师，你说，他是西宁的陈世美，唱吧

隔三差五的人流，心里燃着取暖的牛粪
但无私的婴孩会引爆沉默已久的泪水

姐姐，我背着老命上西宁，图的是把你看哈
哥哥，我一塌糊涂回固原，图的是把我记哈

唐古拉山

一股风跑到西藏

一股风吹到青海

还有一股，偏偏把我的心冰凉

但唐古拉山就在那里

南边西藏，北方青海

我知道，命在中间

不管是黑帐篷还是白帐篷

有我的羊群

我的马匹

为了一次洗礼，我不远万里

我只让耀马扬鞭的风

熄灭

一条罪身子

上山也罢

下山也罢

我光明的躯体里贯穿着先祖的锈啊

西藏之灯

完全理解，一只羊把头颅扔向山冈
迁徙的斑鸠，把青稞埋在河谷

我只看见三座茫茫雪山

支起一口大锅

煮着

普天下的奶茶

肥沃的肋骨

牛皮鼓

别急！总有那么一天
月光镶满银边
皓首如雪山
你的心不过是一座破羊圈

别急！青稞总会发芽
杜鹃喊着回家
一穷二白的天空下
酵母的酒精醒来出发

咚咚咚，藏北的牧场七星高挂，愈加广大

林芝的桃花开了，也败了。急个啥？
等不住今年还有明年
等你一万年换来一盏酥油花
而我是快要燃尽的那一盏啊

墨脱的香蕉树下，露水不打芭蕉。急个啥？
我就不转山转水转雪山
我左肩的日呀右肩的月

明明是想疯了的蕨麻

藏南的花园月黑风高，欲望盛开。咚咚咚

拉萨河畔

拉萨河畔，生命永不停息，马不停蹄

三个河边洗脸的尼泊尔人，弯下腰去

掬起一捧清凉。雪山之水

顺着胡子和手指

滴进河里。而一尾

无忧无虑的鱼，张着嘴

咽下人间的稀薄与稠密

拉萨河如此美丽

拉萨河畔，日光泥泞着荒凉

我走过千山万水，辜负了一副好心肠

因为航班，我错过雪山错牧场

错过歌谣错过说唱

我错过昨日错过今日，但不能

错过明日的念想

千万不能错过心上的你啊

拉萨河如此美丽

那个尼泊尔兄弟，笑声爽朗

用喜马拉雅南麓的手递来一截干肉

但我牙齿萎靡，意志毁灭

载不动世界的乡愁

姑且说出"扎西德勒"

各自心里

互相珍重

拉萨河如此美丽

可可西里

众草的兄妹、众牲的兄妹、众鸟的兄妹

如果此地空旷，世界多么荒凉

天空洒扫，乌鸦拾柴，羚羊生养子孙

而漫游者，背影恍惚

他走过的砂石路，寸草不生

沿一道闪电指引方向

一定是爱情敲门，鹰隼立于寒流张望

直立的旱獭拼命呼叫另一只回家

三头公羚羊的犄角折了，败北略显悲壮

而失恋的流浪汉刚刚吃完泡面

在落日下辨别回家的路程

沿命运的胆汁开出病历

贡日布

落日好累，落日要翻过一座座西藏的山巅
只有在贡日布，才能稍微缓一缓

落日下，一只猴子急匆匆下山来
到雅鲁藏布江痛饮一番。然后

仰望苍穹，和日月交流，与山川约会
与一个惊天的生意和谈

雅江两岸，劳作的人们
会在某个时候抬起头，朝着贡日布望一望

此刻，我就在唐卡大师格桑罗布的庄园
不言不语

一片静穆，眼前的山峰形容庄严
河谷地带，撒满朴素的谚语

我一遍一遍剔除心灵的杂质，和神圣相遇
人们生儿育女，种植庄稼

在格桑罗布的工作室，一块石头上
我与几万年前的先祖双目对视——

一只冰川纪的猕猴，那么深情地
慈爱地看着我

格尔木之侧

戈壁无风，就连鸟雀都显得空洞
何况一个投奔拉萨的人

一粒砂挨着一粒砂，冬日取暖
一粒砂挨着一粒砂，夏日分娩

牛粪烧水
青草净手

两个背水的姑娘，来自两个方向
一个叫其其格，一个叫格桑，她们说着格尔木普通话

沿着另外两条语言的芬芳之路翩翩而来
姑娘啊，我不拿命来看你何苦抱着热身子

羊毛的线绳丈量阳光
你弯曲的舌头把酥油碗擦干

而天空荒凉
牛羊茁壮

一粒汉字抱着藏文

另一粒，搀着高挑的蒙古文

今晚夜宿格尔木不想你是假的

今晚梦不见喀喇昆仑是真的

桃花盛开

八百里加急，雷声隐隐，来不及
仿佛前半夜是桃红的律令
后半夜是粉白的情书

那一夜：酒缸里的青稞憋疯了
那一夜：唐卡上的雪豹出来喝水了
那一夜：谁的大眼睛睁到天亮了

——林芝一带，河谷清嗓

你来或不来，我独自念白
我年轻的楷书端庄
而中年飞白的草书穿过村庄

雅江：一束月光临水照命
玛尼堆：一块石头就是一件新衣裳
卓玛：你是我心上的一道暗伤

——林芝一带，三月的手风琴开口了

我有一种深埋的孤独

但阳光浓稠

芍药肥大

翻过山冈，蜷缩的天鹅被天空辞退

我无比爱怜

钢琴的呜咽在低音部徘徊

沸腾的苦咖啡

在光的抛物线上渐渐变凉

我分明看见

白天鹅脱下雪山的斗篷

在藏地，我比天空空多少

一首藏歌翻越众山歌唱人间

我来到世上，万水千山，你却不见

偏偏芍药盛开

如果你辜负了时光，我背着一世的孤独

阳光一样浓稠

叶贝岩上的影像

其实是一颗流星掉进羊卓雍措

其实是一只野羊被驯服

被次仁罗布放生

冈仁波齐山脚下

一群浩浩荡荡的黑头白身子

在命里转山

念念有词

它们舔着石头上的养料

舔出一幅慈祥

其实是一场疾病降临

失语的孩子看着流星

一块叶贝岩下

数着指头

其实是我在路上遇见梦里的你

黄南札记

谷子弯腰，秋天慢慢老了，衣带渐宽

黄河偏南，一尾鲤鱼粗声大嗓

繁衍的子孙，前赴后继扑往银川

鹰的家族在云端集合

一根丢失的羽毛把雪山擦亮

一棵老榆树

怀抱典籍、史诗、裂纹的印章，以及

穷途末路的火焰在暗处叫嚷

黄河偏南，谁在垂钓

一阕遗失的格言和荒无人烟

谁在怀念

一位被算数辞退的思想家

谁在诗集的扉页记载

一个流浪汉精确的瞌睡，还有

谁的背影驮着过河的泥人

秋天确实老了，老得大雪纷飞

辞 让

青稞辞让麦芒，隐身酒杯
火焰安静得五体投地
火焰隐身水里

河流辞让清澈，和泥沙结拜
依次养大三兄弟
我把他们叫草甸、高原、一马平川

天空辞让道路，雁阵安家
一群在扎陵湖
而落单的一只在鄂陵湖碰上面壁的人

你辞让爱情，草原隔夜枯黄
就连走州过县的骆驼都后悔了
也没踏进一个人离去的背影

唐古拉山垭口

他们说：月亮的鞋子里铺着鹅毛

要带上足够的墨水和骄傲

从一册残卷的末章开始

西藏也好，青海也好

一年四季的逻辑里生死不分开

如果记录嘎旦增布措的闲言碎语

一定注解出其中的虚与委蛇

至于一场饕餮大醉

那是一次约定

一个邂逅的洞穴里

恰好躲过呼喊的雪崩

他们说：唐古拉山的月亮此刻正大汗淋漓

在可可西里边缘

一个懒于抒情的诗人勾勒奔跑的美

野驴和藏羚羊，哦，这自然之子，让我置身粗犷

原野的方程式里鲜花怒放

车子上，一首周建军歌子的副歌转折，迎头撞见

绝命的狭路

这闪电的兄弟，适合稀薄和广大

晨曦是过去

缓慢的黄昏才是永无尽头的未来

要死也要死在你怀里，一如

苍穹和繁星，一片呵护一点。然则一闪而逝的

必是我无法左右的命运

我听见一条鱼长篇大论

到岸上去，和鱼鹰对话，最好尾随一只狐狸
但不要模仿投河自尽的黑颈鹤

张开嘴，十万嘴巴张开，咽下雨水和朝露
噙着秘密的素绢练习飞翔

最好投奔热烈的油锅
我爱你，但没疼对地方

神圣的暗夜里走遍青海

倒淌河尚远，脚步才到恰不恰

凛冽的方向盘疲惫不堪

我的羽翼破烂

穿过戈壁穿不过你繁华的牧场

你听，一株草芽顶破地皮地动山摇

一滴雨水划破空气的刺耳

我周游四方，一天十里

我梳理一个穷人的骨头里埋着几颗珍珠

你不言语

我走不出青海

青海的茶里有盐

青海有半座祁连山

李南大姐哭着说：羞愧啊，面对古老沉重的国土

我本该像杜鹃一样啼血……

海子老兄，明晚

德令哈见

一念之间

最后的雪落在屋顶

最先抵达的，热烈成湿润

蹲在屋檐上的鸟儿闭目养神

街道里醒目着两行脚印

桑多镇近在眼前

一棵榆树抱紧了身子

且不说远山苍茫

黑铁的马掌狼奔豕突在路上

我白茫茫了九十九遍

不如你一次黧黑的脸

雪渣子刺在脸上真的疼

不知道爱情的巴掌扇上

清水洗心

不如和你换命

那一年，草色汹涌，甘南丰收
黑帐篷多了几个牧人

那一年，尕海湖鱼群堆积
游人如织

我行迹罕至，打扫一座陈年羊圈
照料三只出生的羔羊

目光所及，鹰盘旋
兔蹬天

而高高山上一行雁
蜂房多出一道边

秋天深了
玛曲下雪了

九座雪山
九十九座毡房

碌曲有多少牦牛就有多少扎西

卓尼有多少绵羊就有多少卓玛

我一旦把你想起

雪就停了

旧时光

胡麻扬花，冰草长成三尺长
古老的河水比传说瘦了

花儿的调调儿一个样
一嗓子把莲花山的老骨头扶直了

鞍子搭在马背上
老丫头的心里恓惶了

柴达木的盐巴互助的酒
河湟谷的衣裳旧了

你宁死不屈地把心肠软一下
皮鞭轻轻抽打我身上

西宁的牡丹娆人哩
我雪夜上昆仑山挖玉哩

招一招手你就走
后半夜管好帐篷旁的狗

哎，狗咬着不敢进门

打碎了黄粱一梦

雍布拉康

雍布拉康
一道白墙

燕子噙水
和泥造房

次仁罗布
放走母羊

春天鸣雷
夏时飞雪

如意白塔
俊美儿郎

落日归西
山高水长

苎麻草腰
拴着藏王

走过山南

如此空旷

雅鲁藏布江领命向东

如果天空平坦

为什么鹰斜着身子滚下山巅

为什么雪花的刀刃如此明亮

道路崎岖，多少日夜算不清

多少次抬头

多少次细数流沙

指认的街市在上，灯火阑珊

有人蘸着月光磨铁

有人引颈啼血

泥泞的心上，欲望的黄连开在伤口

结满一个人的念想

一页随笔让雁鸣滚烫，星座嘹亮

我只是悲伤陡峭，说三道四的假设里

一些是新闻

一些是代代相传的古今

祁连偏南，会说话的就会唱，唱吧

会走路的就会跳，跳吧

如果天空平坦，我命令……

糜 集

秩序的雨水说来就来，那么美

羊群挤成一堆

黄铜的碗已经盛满，献给天空

第一声响雷时就望眼欲穿

这么多的雨，用三把茶壶，还有奶桶

消息从山后传到山前

些许的风一吹

整个羌塘就晃了晃

这么多的雨水

需要把三壶奶茶喝光

牛粪火烧了一整天

三壶茶续上

我要把今世的光阴喝干

秩序的雨水糜集，那么美

擦洗着人间的法度

我孤身一人，在藏北，一天一地

群山揭起锅盖

这么多雨水

需要多少木柴

路 上

山阴积雪，山阳树木参差

青藏线蚯蚓般追赶远方

普天之下，我和你

不过是大千世界一芥子

此行无需意义。听从召唤

看呐，一群披着黑氆氇的赳赳牦牛从山阴滚滚而来

山阳处，几只拜访老友的旱獭

抱拳而立，目送我奔向拉萨

那个骑马而过的汉子

可是我十年前结拜的兄弟

——在路上，我不禁被大美青藏深深诱惑

——在路上，我向自然取暖，朗诵天鹅的诗篇

河 湟

开怀宴饮的，是一场猝不及防的风雪——

开怀宴饮的，是星光的照拂和时节的密令——

——河湟不老，两岸的繁殖瓦蓝高光

——河湟不老，出嫁的新娘保持古老的矜持

我和你

一个是花儿

一个是少年

初 雪

驱赶半生
我把自己送往青海的初冬

恰不恰，说高不高，说低不低
半山腰，住着汉语泥泞的扎西

淬火的扎西、打马掌的扎西
把自己钉在路上的扎西

远远地
我闻到铁匠铺冷清的喘息

但扎西挥汗如雨
炉火涂画着通红的手臂

一锤
又一锤

天空灰蒙蒙的
一场雪不期抵达

白嘴巴的黑牦牛

披着披风的黑牦牛

有一群脱缰的马

在深山踢踏

我背着柴火

走进深山

而深山苍茫

看不见命运的底色

一封寄往果洛的信件

三江源。万类霜天竞自由

大地明亮如心，川流不息着古老的道路

青海草色见青，一夜秋草黄

害羞的牛羊穿着新衣裳

青海的女儿，东方的女儿

出嫁的雅鲁藏布江叫醒黄河长江

几只打盹的斑头雁，一脸庄严

不要告诉它人间的忙碌和繁衍

那些沼泽，那些人迹罕至

但平原一带麦浪滚滚、稻花飘香

我悄悄告诉你

流水不腐

雁阵向北，鹤群向南

分离只是短暂

十年前，我细数日月

只为再次轰轰烈烈的相见

那么美

那么宁死不屈的陶醉

牧人回家，豹子上山

落日背着绯红的铁板

这神圣暗夜，三个私语的女子

擦洗着热身子

我悄悄告诉你

我有旧书一册，写满民谣和格言

恰 好

南风吹，嘉塘草原一夜之间柔软了

牧人才旦的马打了个滚

恰好，昏沉了一冬的藏犬也伸了个懒腰

需要憋多久才能扯展。草木们

各自梳妆。脱胎换骨的大地上和往年一样

恰好，一个晨起的姑娘看见了

年前一场雪灾，尚有残余

如果不是辽阔，谁会在意隔夜的垂头丧气

恰好，一场热烈的照耀让万物尽释前嫌

一朵格桑说开就开了，南风的信使惊掉门牙

走漏风声，整个草原窃窃私语

恰好，一声鸟鸣翻过白墙

春天的灯盏不要在夜里点，放在白天

不然谁能看见我走过万水千山

恰好，你刚刚掀开门帘

称多：一亩阳光
——给昌耀

我和你约定，不多也不少

就一杯海阔天空的茶，说说纪年

说说漫游青海的大雪和暴雨

还有一夜炉火的温暖

时间不重要，至于哪年哪月

你却转折，说，一个大山的囚徒坠楼

那么殷红

那么悲壮

那一天落日久久挂在山巅

不肯离去

你说，他是无人区的牧人

放牧自己和世界

我只能领受区区一亩阳光

——在称多，藏历水虎年三月廿二日

我听见群山披肝沥胆地喊着：划呀，划呀，父亲们

湟水流

河谷两岸，花儿生长

少年忧伤

少年啊，双手如莲的话语

在民间的字典里生根

当你开口

那绯红的阳光倾斜而来时

"冬雷震震，夏雨雪。天地合，乃敢与君绝。"

一声从前的调调儿

让荡漾的心上人

透过门扉捂住黑眼睛

湟水流

一只鹤在岸边散步

我一旦抒情

哗啦啦的声音就瘦了

向自然索取命运的胆汁

西宁偏南，渐次隆起的阳光带着远古的意志
需要勇毅者双目含锈仰望

但群山涌动
月亮的手指蘸着天鹅的泪水涂抹山河

一匹蒙古马嚼着夜草
另一匹，满含幸福地数着体内春天的雷鸣

星星毁灭的时候
月光的孤独是一本无字之书

这一夜
秩序的交响各就各位

我偏头向南，阳光荒寒的路上
向自然索取命运的胆汁

独　奏

天地间，有一种嘹亮自静寂而来

乃羌笛？乃牛角？

而四野起伏的草色摇摆不已

我置身其中

如万蚁穿过血管的难耐而骚动

如阅读古代汉语之羞涩

我从宁夏西海固来

有万千喧嚣如黑铁般铸满躯体

而玛多草色一天的僻静之处

独有一种召唤

自不远处倾斜

清冽、坚毅且连绵不绝

仿佛一场大疾病从耳根消失

一地青稞

一红衣少年踱步穿过夏日青稞地

时日尚早，抬头看看天，有流浪如棉之云朵
云朵之上
有一页旧书和一剂安慰人间的汤药

一头野公牛带着沉重的呼吸
朝这边走来
似乎有复杂的哲学命题让它停下脚步

村庄中央，酒香扑鼻
去年的青稞在瓦缸里醒了
一群觅香而来的蝴蝶醉得东倒西歪

小径上，一红衣少年踱步穿过一页从前

蹲在白塔上的乌鸦

一只蹲在白塔上的乌鸦

我经过时偏偏不在

时间滚烫的手抚摸着我

乌鸦吃惊地发现雪山的发髻抬高了一些

乌鸦背对着我

念念有词

仿佛一些命定的功课还未展开

仿佛秘密的手札才解开绑带

白塔之侧，庄稼地空空荡荡

一切都没发生

那只蹲在白塔上的乌鸦

一门心思研究着病理学